DIE DREI GESETZE DER ROBOTIK

01 Ein Robot darf kein menschliches Wesen verletzen oder durch Untätigkeit gestatten, dass einem menschlichen Wesen Schaden zugefügt wird.

02 Ein Robot muss dem ihm von einem Menschen gegebenen Befehl gehorchen, es sei denn, ein solcher Befehl würde mit Regel Eins kollidieren.

03 Ein Robot muss seine eigene Existenz beschützen, solange dieser Schutz nicht mit Gesetz Eins oder Zwei kollidiert.

Isaac Asimov

ANDROIDEN

03 INVASION

Text
Sylvain Cordurié

Zeichnungen
Emmanuel Nhieu

Farben
Digikore Studios

»Nichts ist uns mehr verborgen als unsere alltäglichen Illusionen, und unsere größte Illusion ist die zu glauben, dass wir das sind, was wir zu sein glauben.«
Henri-Frédéric Amiel – *Intimes Tagebuch*

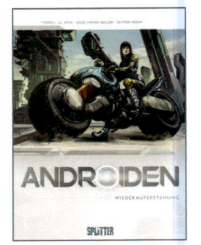
Band 1 | Wiederauferstehung
ISBN: 978-3-95839-568-8

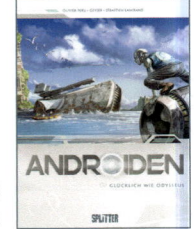
Band 2 | Glücklich wie Odysseus
ISBN: 978-3-95839-569-5

Band 3 | Invasion
ISBN: 978-3-95839-570-1

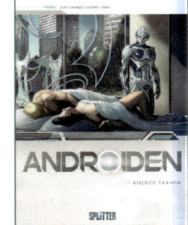
In Vorbereitung:
Band 4 | Kielkos Tränen
ISBN: 978-3-95839-571-8
[September 2018]

Sylvain Cordurié

Emmanuel Nhieu

Weitere Veröffentlichungen:

Cordurié
Die Geißeln von Enharma | Splitter
Die Herren von Cornwall | Splitter
Die Meister der Inquisition | Splitter
Ravermoon | Splitter
Sherlock Holmes und das Necronomicon | Splitter
Sherlock Holmes und die Zeitreisenden | Splitter
Sherlock Holmes und die Vampire von London | Splitter
Sherlock Holmes Society | Splitter
Sherlock Holmes – Crime Alleys | Splitter
Sherlock Holmes – Die Chroniken des Moriarty | Splitter
Walküre | Splitter

Nhieu
Burning Tattoo | Ankama Éditions
Far Albion | Soleil

SPLITTER Verlag
1. Auflage 06/2018
© Splitter Verlag GmbH & Co. KG · Bielefeld 2018
Aus dem Französischen von Swantje Baumgart
ANDROïDES VOLUME 3: INVASION
Copyright © 2016 Éditions Soleil / Cordurié / Nhieu
Bearbeitung: Anne Thies und Sven Jachmann
Lettering: Malena Bahro
Covergestaltung: Malena Bahro
Herstellung: Horst Gotta
Druck und buchbinderische Verarbeitung:
AUMÜLLER Druck / CONZELLA Verlagsbuchbinderei
Alle deutschen Rechte vorbehalten
Printed in Germany
ISBN: 978-3-95839-570-1

Zitate:
Vorsatz: Asimov, Isaac, »Runaround«, in: *Alle Robotergeschichten*. Köln: Bastei Lübbe GmbH und Co. KG 2010.

Weitere Infos und den Newsletter zu unserem Verlagsprogramm unter:
www.splitter-verlag.de

News, Trends und Infos rund um den deutschsprachigen Comicmarkt unter:
 www.comic.de
Verlagsübergreifende Berichterstattung mit
vielen Insiderinformationen und Previews!

WIR WAREN SEIT ZWEI STUNDEN UNTERWEGS, UND ICH KONNTE NUR AN EINES DENKEN: »DIE GANZE WELT«.

AMBER HALF MIR, DEN SCHOCK ZU VERDAUEN. SIE HATTE EIN AUGE AUF MICH, FALLS ES MICH AUS DER BAHN WERFEN SOLLTE. SIE VERGEWISSERTE SICH, DASS ICH NICHT GEFAHR LIEF, MICH VOR EIN AUTO ZU WERFEN.

DIE U-BAHN WAR SCHON TROSTLOS GEWESEN, ABER DRAUSSEN WAR ES NOCH SCHLIMMER. AN JEDER STRASSENECKE LAG EINE LEICHE.

WO SIND ALLE HIN? HAT ES EINEN MASSENEXODUS GEGEBEN, ALS DIE ANGRIFFE BEGANNEN?

DAS WÜSSTE ICH AUCH GERN. ALLES, WAS WIR DARÜBER SAGEN KÖNNEN, IST, DASS SECHS MILLIARDEN MENSCHEN VERSCHWUNDEN SIND.

HIER REGISTRIERE ICH FÜNFHUNDERT EMPATHISCHE SIGNATUREN, HÖCHSTENS.

IN DIESEN STRASSEN BIN ICH AUFGEWACHSEN. HIER HABE ICH DEN GANZEN TAG RUMGELUNGERT. DIES WAR MEIN REVIER. UND PLÖTZLICH WAR DIE STADT VERWÜSTET UND LEER. DIESE STILLE...

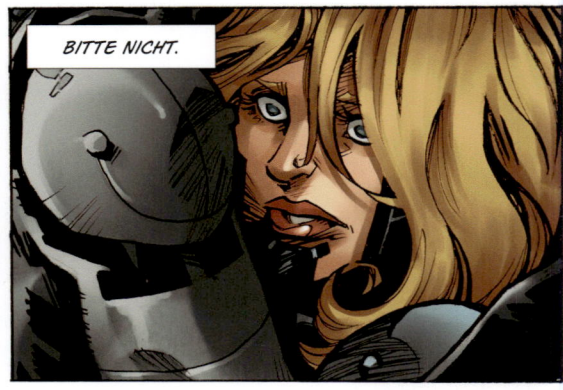

SIE... SIE... KOMMEN!

HOLT SIE DA RAUS!

OLIVER!
ER ATMET NOCH. ABER NICHT MEHR LANGE, WENN SICH NICHT JEMAND UM DEN BESUCHER KÜMMERT.
DER SIEHT NICHT BESONDERS FREUND-LICH AUS...
NOCH EINER!!

37

— Wir können sie nicht besiegen! Wir müssen hier weg! Der Empath hat einen Plan!
— Geht!
— Wir werden sie so lange wie möglich beschäftigen!
— Wenn du bleibst, bleib ich auch!
— Verschwinde! Und tu, was du tun musst!

— Morgan! Howards! Ihr nehmt den Rechten!
— Paul und Tyron, mir nach!

— Du hast ihn gehört! Wir müssen los!
— Verdammte Scheisse! Jerrod, wenn du mich verarschst...
— Ich hab's noch nie so ernst gemeint!

KOMMT!

WIR LASSEN SIE ZURÜCK?

IHR WERDET NOCH ANDERE GELEGENHEITEN HABEN, ALS HELDEN ZU STERBEN!

WELCHER AUSGANG?

LINCOLN AVENUE!

DIE STRECKE VOM SUPERMARKT ZUM EINGANG DER U-BAHN WAR NUR ZUM AUFWÄRMEN. VON DA AN GABEN WIR RICHTIG GAS.

ZUM GLÜCK ENTPUPPTE SICH DER WEG NICHT ALS HINDERNISPARCOURS. KEINE FEINDE IN SICHT...

UND KEIN TODESSTRAHL AN DER STATION.

DAS WAR NICHT DEIN KRIEG DER WELTEN, WELLS. R.I.P.

WÄHREND DES AUSFLUGS ZUM SUN SQUARE, UNSEREM ZIEL, ÜBERNAHM SERGEJ DAS KOMMANDO.

NIEMAND BEKLAGTE SICH, AUCH WENN DAS NICHT EINFACH WAR. NACH DEM ERLEBNIS IN DER U-BAHN WAR SEIN ANFALL VON AUTORITÄT GENAU RICHTIG.

DIE HALBE MANNSCHAFT WAR REIF FÜR DIE KLAPSE. DIE KAMERADEN, DIE SIE IN DER SCHLACHT VERLOREN HATTEN, DIE ENTDECKUNG DER KLEINEN GIFTVIECHER... DAS WAR VERDAMMT VIEL INNERHALB VON VIERUNDZWANZIG STUNDEN.

SERGEJ SPRACH KEIN WORT MIT MIR. DEN GANZEN WEG ÜBER WARF ER MIR SCHRÄGE BLICKE ZU. ALS TRÜGE ICH EINE MITSCHULD AN DIESEM GANZEN MIST.

DAS WAR SEINE ART, MIT ALL DEM UMZUGEHEN. ER KONZENTRIERTE SEINEN ZORN AUF DEN ÜBERBRINGER DER SCHLECHTEN NACHRICHTEN.

ICH NAHM'S IHM NICHT ÜBEL. SEINE FREUNDE WAREN WIE DIE FLIEGEN GEFALLEN, SEIT ICH AUF DER BILDFLÄCHE ERSCHIENEN WAR, UND UNSERE GEFÄHRTEN STANDEN KURZ VOR EINEM NERVENZUSAMMENBRUCH.

DIE ARMEN SCHWEINE... DAS WAR LÄNGST NOCH NICHT ALLES.

SUN SQU...

DER PLAN IST KINDERLEICHT: ERST NECKT IHR DIE BÖSEN, UND DANN LOCKT IHR SIE HIERHER.

WIR SIND DA, WO DU HINWOLLTEST. WIE GEHT'S JETZT WEITER?

WIR GEHEN IN DIE OFFENSIVE.

KEIN ZWEIFEL MEHR, DU BIST VÖLLIG ÜBERGESCHNAPPT. DU WEISST, WIE DAS ENDEN WIRD, ODER?

ALSO, JA, NATÜRLICH...

WARUM HAB ICH ÜBERHAUPT AUF EINEN SPINNER WIE DICH GEHÖRT?!

EINGEBUNG...

HÖR AUF DAMIT!!

SERGEJ...

DU HÄLTST AUCH DIE KLAPPE! WENN DU IHN NICHT UNTERSTÜTZT HÄTTEST, HÄTTEN WIR WELLS NICHT IM STICH GELASSEN!

"WÄRST DU LIEBER AUF DEM LEICHENHAUFEN GELANDET?"

"ZU WAS SIND WIR HIER NÜTZE, JERROD?"

ICH HÄTTE ES IHM EINFACH SAGEN KÖNNEN, ABER ES GAB EINEN SCHNELLEREN WEG. AMBER GAB MIR EIN ZEICHEN MIT DER HAND. UND DANN ROLLTE DIE LAWINE ÜBER SIE HINWEG...

ER UND DIE DREI ANDEREN ERFUHREN, WAS SIE WISSEN MUSSTEN. NICHT ALLES, ABER DAS WESENTLICHE. ES WAR EINE BITTERE PILLE. SIE ERSTICKTEN BEINAHE DARAN.

IN EINEM ANFALL VON HERZENSGÜTE, BEI DEM EIN HEILIGER NEIDISCH GEWORDEN WÄRE, ÜBERMITTELTE ICH IHNEN EIN BILD VON EINEM GROSSEN GLAS WASSER. DANN ZEIGTE ICH IHNEN, WIE SIE SICH NÜTZLICH MACHEN KONNTEN.

KURZ BEVOR ICH DIE VERBINDUNG LÖSTE, RIEF ICH EIN BERUHIGENDES GEFÜHL IN IHNEN HERVOR. WIE BEI AMBER IN DER DUSCHE, ALS ICH SIE ABGEHOLT HATTE. WAS DACHTET IHR DENN, WIE ICH SIE UMSTIMMEN WÜRDE? DAS LETZTE, WAS WIR IN DIESEM STADIUM GEBRAUCHEN KONNTEN, WAR, DASS JEMAND AUSRASTETE.

SIE HASSTEN MICH ABGRUNDTIEF.

DAS WAR KEIN PROBLEM. ICH HAB EIN BREITES KREUZ. DIE HAUPTSACHE WAR, DASS SIE WUSSTEN, WAS AUF DEM SPIEL STAND.

GENAU! ALLE MIR NACH!

ICH BIN HIER, IHR ARSCHLÖCHER!

FAHR LOS!
FOLGEN SIE UNS?
WAS DENKST DU DENN?
OH, FUCK...
GIB GAS!!
VROOMMM
ST EDDIE'S
BER SHOP
CLOSE SHAVES
SATURDAY
GMC

KREEESSSS

JETZT WEISS ICH, WARUM DU FAHREN WOLLTEST! HÄNG SIE NICHT AB!

GANZ RUHIG! SO LEICHT LASSEN DIE SICH NICHT ABSCHÜTTELN!

AUSSERDEM SIND WIR GLEICH DA!

SERGEJ!

FINGER WEG!

LOS, SERGEJ! DU HAST ES FAST GESCHAFFT!

GLAUBST DU, DAS WIRD FUNKTIONIEREN?

ICH ZIEHE ES VOR, NICHT DARÜBER NACHZUDENKEN...

DAS MACHEN WIR NICHT NACH!
LOS!
DU BIST DRAN, LEE!
!
DENEN HAST DU'S GEGEBEN MIT DEINEM EMP! DENEN HAST DU'S GEZEIGT!
JEPP... ICH HAB'S DRAUF...

SO, UND JETZT GEHT'S AB INS SONNENBAD, SCHNUCKI. ACH, MIST... ICH GLAUB, ICH HAB MEINE SONNENCREME VERGESSEN.

AUF HAUTKREBS KANN ICH GUT UND GERN VERZICHTEN...

DIE LETZTEN GEMEINSAMEN SEKUNDEN SOLLTEN DIE COOLSTEN WERDEN.

SERGEJ WAR GANZ RUHIG.

SO SIEHT ES AUS, WENN MAN INS LICHT GEHT.

WENN SIE AUSREICHEND ENERGIE GEHABT HÄTTEN, DANN HÄTTEN DIESE ENERGIE-ALIENS MIT IHREN TODESSTRAHLEN DEN GANZEN PLANETEN AUSGEBRANNT.

ABER DAFÜR REICHTE ES NICHT, ALSO WAREN SIE DAZU VERDAMMT GEWESEN, PUNKTUELL ANZUGREIFEN. IN DIESEM FALL HABEN SIE UNS ZUGEARBEITET.

WIR WÄREN NICHT IN DER LAGE GEWESEN, EIN SOLCHES LOCH SELBST ZU GRABEN. WAS FÜR EINE BOHRUNG! DAS HATTE NICHTS MEHR MIT IHRER ÜBLICHEN MÜHSAMEN VORGEHENSWEISE ZU TUN.

AMBER WAR DIESE SITUATION NICHT FREMD. TROTZDEM KONNTE SIE DEN VERLUST VON SERGEJ, LEE UND DEM ANDEREN TROTTEL, DESSEN NAMEN ICH VERGESSEN HABE, NUR SCHWER VERKRAFTEN.

OLIVER WAR DAS GENAUE GEGENTEIL. ER HATTE SEINE GEFÜHLE OFFENBAR NACH WIE VOR IM GRIFF, AUCH WENN ES IN IHM BRODELTE.

WIR BEWEGTEN UNS WIE DEUTSCHE IN KURZEN HOSEN. VON DA OBEN KONNTEN UNS DIE ALIENS NICHT ORTEN.

WENN EINER VON IHNEN ABKACKTE, SPRITZTEN SIE EINFACH AB, OHNE ZU WISSEN, WOHIN. IN DER HOFFNUNG, DASS DIE HITZE DIE WIDERSPENSTIGEN ERDBEWOHNER EINFACH VERDAMPFEN LIESSE. DIESEN FINGER SAHEN SIE NICHT. DEN ZEIGTE ICH NUR ZUM SPASS.

DANEBEN!

DIESER TEIL WAR NICHT GERADE MEIN DING.

ICH HATTE ES NICHT SO MIT KÖRPERLICHER BETÄTIGUNG. ODER KLETTERN...

EIN TELEKINET HÄTTE UNS RUNTERBRINGEN KÖNNEN. HÄTTE MIR EHER EINFALLEN SOLLEN.

WIR DACHTEN, ES WÄRE ABGEKÜHLT, WENN WIR UNS AN DEN ABSTIEG MACHEN WÜRDEN. ABER DIE VERBLIEBENEN FLAMMEN ERSCHWERTEN UNS DIE SACHE.

GLÜCKLICHERWEISE BESCHRÄNKTE SICH OLIVERS KRAFT NICHT AUF DAS ANZÜNDEN EINES GRILLS.

SCHWER ZU SAGEN, WIE TIEF DAS LOCH WAR. GROB GESCHÄTZT VIELLEICHT HUNDERT METER.

DER STRAHL HATTE TIEF GENUG GEBOHRT. DER KÜNSTLEREINGANG STAND UNS OFFEN.

WIR HATTEN GANZ SCHÖN MUFFENSAUSEN, ABER DAS WAR NORMAL. OBWOHL WIR WUSSTEN, WAS UNS ERWARTETE...

... EINE FAMILIENZUSAMMENFÜHRUNG IST IMMER BEWEGEND.

IN DER BAHNSTATION WAR MIR NICHT NUR DIE GESCHICHTE DER ENERGIE-ALIENS OFFENBART WORDEN. AM ENDE MEINER BEGEGNUNG MIT DEM WESEN SAH ICH AUCH, WAS DIE MIKROBEN GETAN HATTEN. ICH HATTE DIESEN ORT GESEHEN.

ES WAR KEIN ZUFALL GEWESEN. DAS WAR MEINE BESTIMMUNG, DER GRUND, WARUM ICH BESONDERE FÄHIGKEITEN BESASS... UM IM ERNSTFALL DIESE ZUFLUCHTSORTE ZU FINDEN. DANK DES GEFANGENEN IM LAGER, DER WÄHREND SEINES WUTAUSBRUCHS MEINE FÄHIGKEITEN WEIT ÜBER DIE DER ANDEREN EMPATHEN HINAUS VERSTÄRKT HATTE, WAR ICH DER ALLERERSTE, DER EINEN ENTDECKT HATTE.

DIE MIKROBEN HATTEN DIE JAHRE AUF DER ERDE GENUTZT, UM EINE MENGE UNTERIRDISCHER VERSTECKE ANZULEGEN, ALLE NACH DEMSELBEN MUSTER. UNTER DEN GRÖSSTEN STÄDTEN DER ERDE, WO SICH DIE BEVÖLKERUNG AM STÄRKSTEN KONZENTRIERTE.

SIE HATTEN MENSCHEN IN BESITZ GENOMMEN UND ALS ARBEITSKRÄFTE EINGESETZT, BEVOR SIE SIE SCHLAFEN LEGTEN.

SERGEJ UND LEE WAREN GENAU AM RICHTIGEN ORT POSITIONIERT. EIN STÜCK WEITER RECHTS ODER LINKS, UND DER STRAHL HÄTTE DAS HIER BESCHÄDIGT.
WIE... WIE VIELE SIND ES?
ETWA ZWEI MILLIONEN. DIE GANZE STADT IST IN DIESER HÖHLE.
ABER VERDAMMT... WARUM?!
DIE MIKROBEN SIND NICHT WEGEN DER SCHÖNEN LANDSCHAFT HIERGEBLIEBEN. SIE HABEN AUS UNSEREM BLAUEN PLANETEN EINE FALLE FÜR ANDERE ALIENS GEMACHT. DAS IST IHRE MUNITION.
MUNITION?
UNSERE FÄHIGKEITEN, OLIVER. WIR SIND MIT ALL DIESEN LEUTEN VERBUNDEN.
SIE LIEFERN UNS DIE NEURONALEN KRÄFTE, DIE MAN FÜR DIE TELEKINESE BRAUCHT.
DEN MIKROBEN WAR SCHON SEHR FRÜH KLAR, DASS SIE IHREN VERFOLGERN NICHT EWIG ENTKOMMEN WÜRDEN. ALSO HABEN SIE EINEN PASSENDEN PLANETEN GESUCHT.
NACHDEM SIE BEI UNS GELANDET WAREN, HABEN SIE ERKANNT, DASS SICH UNSERE SPEZIES PERFEKT FÜR IHR PROJEKT EIGNET UND SICH AN DIE ARBEIT GEMACHT.
DANN SIND SIE WIEDER ABGEHAUEN UND HABEN AUF IHREM WEG SPUREN HINTERLASSEN. SOGAR HIER. NICHT GERADE EINE IHRER BESTEN IDEEN. DAS ERKLÄRT DIE BOHRUNGEN.
DENN FÜR DIE ENERGETISCHEN WESEN STAND EINES ABSOLUT FEST: ALLES, WAS DIE HANDSCHRIFT DER KLEINEN MISTVIECHER TRÄGT, MUSS AUSGELÖSCHT WERDEN. KAUM WAREN SIE ANGEKOMMEN, GRIFFEN SIE AN.
NUR DASS WIR IHNEN AUF DIE PELLE RÜCKTEN, UND DAS HÄTTE NICHT PASSIEREN DÜRFEN. MITTLERWEILE WISSEN SIE DAS AUCH, ABER DIESE ERKENNTNIS KAM ETWAS ZU SPÄT.
MUSS ICH DICH DARAN ERINNERN, WAS WELLS GESAGT HAT?
WIR STEHEN KURZ VOR DEM AUS!
DU PICKST DIR NUR BESTIMMTE ERINNERUNGEN RAUS. ER HAT AUCH GESAGT, DASS WIR SIE ÜBERALL SONST FERTIGMACHEN.

ABER WARUM LÄUFT ES BEI UNS SO SCHLECHT?
WEGEN EINES PROBLEMS BEIM TRANSFER DER NEURONALEN KRAFT. IHR HÄTTET IM LAUFE EURER KÄMPFE VERSCHIEDENE PHASEN DURCHLAUFEN MÜSSEN, DIE KRAFT SOLLTE AUF DIE ÜBERLEBENDEN ÜBERGEHEN. ABER DAS IST NICHT GESCHEHEN.
DAS IST WIEDERUM UNSERE AUFGABE, DIE DER ERSTKLASSIGEN EMPATHEN. WIR MÜSSEN DIESE VERBINDUNGEN INSTAND SETZEN. WIR SIND DIE KLEMPNER VOM DIENST.
MAL IM ERNST...
EIGENTLICH IST DAS NICHT ZU ÜBERSEHEN...
AMBER... DU MACHST DIR UMSONST VORWÜRFE...
ACH JA?
SERGEJ, DU, ICH... WIR ALLE SIND MECHANISCHE REPLIKEN VON IRGENDJEMANDEM.
ICH FINDE DAS ECHT GROSSARTIG. ICH WÜRDE SAGEN, ICH BIN DAFÜR GEMACHT, EIN HAUSEIGENER ANDROID ZU SEIN.

NEIN! DAS... DAS IST UNMÖGLICH!
UNMÖGLICH? WAS MAN SICH NICHT ALLES ANHÖREN MUSS! DU STECKST MITTENDRIN! UND WENN DU VON ELEKTRISCHEN SCHAFEN GETRÄUMT HAST, DANN LEUGNEST DU DIE TATSACHEN.
DENK DOCH MAL NACH, HUMAN TORCH! DEINE ERINNERUNGEN VOR DER INVASION. DU ERINNERST DICH, DASS DU DINGE MIT GEISTESKRAFT ABGEFACKELT HAST, ODER DASS DU TAGELANG NICHT GEPINKELT ODER GESCHISSEN HAST.
BEI UNS LÄUFT DAS ANDERS.
KOMMT SCHON! BETRACHTET ES VON DER POSITIVEN SEITE! IRGENDWO IN DIESEM RIESIGEN SCHLAFSAAL LIEGT EUER WAHRES ICH UND WARTET AUF DEN BESUCH VON PRINCE CHARMING, DAMIT ER ES AUS SEINEM LANGEN SCHLAF AUFWECKT. WIE IM MÄRCHEN.
WIR MÜSSEN UNS NUR GEDULDEN. VORHER SOLLTEN WIR HIER AUFRÄUMEN.
ICH VERSUCHTE, SIE ZU BERUHIGEN. ES IHNEN SCHMACKHAFT ZU MACHEN, DAMIT SIE NICHT KURZ VOR DEM ZIEL ZUSAMMENBRACHEN. AUCH DAS GEHÖRTE ZU MEINEN AUFGABEN.
ES WAR AN DER ZEIT, SICH DIE HÄNDE SCHMUTZIG ZU MACHEN. DIE AUFGABE WAR EINFACH. GENAUSO EINFACH, WIE EINE TÜR ZU ÖFFNEN, ZU DER MAN DEN SCHLÜSSEL HAT.
DER NEXUS - FRAGT MICH NICHT, WARUM ICH DIESER SÄULE EINEN NAMEN GAB - VERGRÖSSERTE DIE BANDBREITE MEINER VERBINDUNG.
ICH ERKANNTE SCHNELL, WORIN DAS PROBLEM BESTAND, UND KÜMMERTE MICH DARUM.
WIE GESAGT, GANZ EINFACH.

DIE DA DRAUSSEN KAPIERTEN ERST MAL GAR NICHTS. SIE FÜHLTEN, WIE IHRE FÄHIGKEITEN ANWUCHSEN. WIE TEENIES BEI DER ERSTEN EREKTION...
DANN, DANK DES DIENERS, DER SIE MITTELS SEINER GROSSEN SUGGESTIONSKRAFT UNTERSTÜTZTE, ERKANNTEN SIE ALLES.
SIE WUSSTEN NUN ENDLICH, WAS SIE TUN MUSSTEN, UM IHRE ENTWICKLUNG IM HANDUMDREHEN ABZUSCHLIESSEN.
ICH WAR BEI JEDEM VON IHNEN, ALS SIE INS WELTALL AUFSTIEGEN...
... UND DIE LIEBESNESTER DER RACHSÜCHTIGEN ALIENS ENTDECKTEN.
DIE WÜRDEN ES ZIEMLICH BEREUEN, DASS IHRE SCHIFFE NICHT AUSSAHEN WIE DIE RIESENFLADEN AUS »INDEPENDENCE DAY«.
FRESST SCHEISSE, WENN IHR EUCH MIT UNS ANLEGT...
ICH WAR IMMER NOCH DA, ALS ES MIT IHNEN ZU ENDE GING.
ICH WÜNSCHTE, ICH WÄRE AUCH PHYSISCH BEI IHNEN GEWESEN. ABER EMPATHEN SIND WIE LESERATTEN. SIE HABEN ÜBERHAUPT KEINE SCHLAGKRAFT.
SIE GERIETEN AUCH NICHT IN PANIK, ALS IHNEN ANGESICHTS IHRER VERNICHTETEN WAFFENBRÜDER DÄMMERTE, WAS SIE TATSÄCHLICH WAREN. ICH HATTE ZIEMLICH GUTE ARBEIT GELEISTET.

DAVOR WAR IHNEN DIESE WAHRHEIT VERBORGEN. EINE SOFTWARE HATTE IHRE SICHTWEISE UND IHR URTEILSVERMÖGEN VERÄNDERT.

DER EMP BREITETE SICH AUS UND BESCHLEUNIGTE DEN NIEDERGANG DER ENERGETISCHEN WESEN.

ABER UM ES MIT WELLS' WORTEN ZU SAGEN: MICH KONNTE NICHTS MEHR ÜBERRASCHEN.

DANN BEMERKTE ICH ETWAS, WAS MIR BIS DAHIN ENTGANGEN WAR. WIR WAREN VERDAMMT GUT GEMACHTE MASCHINEN. IMMUN GEGEN EINEN EMP.

ICH DURCHQUERTE DIESES CHAOS VÖLLIG ENTSPANNT.

WAS UNS ZU DER URSPRÜNGLICHEN FRAGE BRINGT: WAR ICH SO RUHIG, WEIL ICH WUSSTE, DASS DIE WÜRFEL OHNEHIN SCHON GEFALLEN WAREN? MÖGLICHERWEISE.

AUF JEDEN FALL HABE ICH MEINE AUFGABE ALS RESPEKTLOSER AUTOMAT ERFÜLLT.

VIELLEICHT IST ES ETWAS VERFRÜHT, DIE KORKEN KNALLEN ZU LASSEN. IMMERHIN WÜTEN DIE KÄMPFE NOCH MANCHERORTS, UND DER KRIEG IST NOCH NICHT GEWONNEN...

ABER ICH HABE EIN GUTES GEFÜHL. UND ES IST NICHT MEINE ART, MIR DEN KOPF ZU ZERBRECHEN.

ALSO MACHE ICH DAS BESTE DARAUS. ICH GEBE MICH DEM HYPNOTISIERENDEN CHARME DIESER BRENNENDEN TRÜMMER HIN. IHR KÖNNT EUCH NICHT VORSTELLEN, WIE BERUHIGEND DAS IST, WENN MAN DEN GANZEN TAG RUMGERANNT IST.

ES WÄRE GELOGEN, WENN ICH BEHAUPTEN WÜRDE, ICH WÄRE NICHT EIN WENIG UNRUHIG.

NICHT DER AUSGANG DER SCHLACHT BEREITET MIR SORGEN. NEIN...

... SONDERN DIESE FRAGE, DIE SICH MIR SEIT EIN PAAR MINUTEN IMMER MEHR AUFDRÄNGT...

WAS TUN WIR DANACH?

ENDE